JN206125

岡田史乃の百句

Tsujimura Mano

辻村麻乃

ふらんす堂

目次

岡田史乃の百句

あたたかや父母の歩みの後につき

『浮いてこい』

1

どんな人にも両親はいて、子ども時代がある。大人になって年老いた両親といても、自分が守られているようなほっとする気持ちになる。父母が歩いてその後をついていくという表現から旅先なのではないかと考えられる。晩年も両親と三人で旅をすることの多かった作者は、ゆっくりとした両親の歩みにあわせながらもその時間を大切に感じている。「あたたか」という季語が心地よい天候を示し、一度そこで切ることで、その時の作者の充足感をまず示し、中七以降の動きからその愛情も表している。

大河から燕斜めに畑に入る

『浮いてこい』

2

この頃の作者は良く彼方此方に吟行に行っていた。この大河はその時の景だと思われる。大きな河の前の広い豊かな土地が想像できる。燕が低く飛ぶと雨だというが、この日もそんな日だったのかもしれない。雨が降る前の少し重そうな空も見えてくるようだ。近くにはたっぷりと水を吸い込んだ畑がある。その上の虫を餌とするのか低空飛行で燕が横切る。その飛び方をしっかりと観察して「斜め」と表現することで飛んでくる臨場感も伝わってくる。

花人のうしろへまはる影法師

『浮いてこい』

3

花人とは花見をする者のことだが、その人を見ている作者も実は花人だと言える。同行した連れか、一人の散策で他の花見客を偶然目撃したのかはこの句からはわからない。いずれにせよ花を愛で、花を訪ねて花を満喫する者は花人なのである。午後も遅くなって影も伸びてきた。陽の射す向きが日没が近づいてずれてきたのか、目に入っていた人が動いたのか。その影法師の位置が変わったことを「うしろへまはる」と表現したのが、一句に不思議な雰囲気を与えている。

緋毛氈に菜の花こぼししは誰

『浮いてこい』

4

「誰」という終わり方が印象的な句である。鳥なのか、子どもなのか。それは、わからない。それでも屋外であることはわかる。緋毛氈とあるので、野点なのかもしれない。そんな静かで緊張する場所でも五感は研ぎ澄まされ、緋色に黄色い菜の花が散らばる様子をつぶさに観察する作者がいる。なぜあるのかしら、と疑問に思いつつ、「誰」と止めることで少し威嚇するような高圧的な印象も受ける。叱りながら微笑ましく思っているようにも感じる句。

糸桜口中の砂のみ下す

『浮いてこい』

5

岡田史乃としては、数少ない二句一章の句。「糸桜」で切れていて、もちろん糸桜ではなく、作者本人がのみ下している。「砂を嚙む」の意味を、悔しいという捉え方をする人が多いが、実は無味乾燥なことを喩えるようである。糸桜とは枝垂れ桜のことであり、それを吟行などで鑑賞しているという景がまず浮かんでくる。あまり気の合わない面白みのない会合であるのか、会話も進まない。砂を嚙むのではなく、のみ下すことで諦めて大人としての対応をする作者の姿も見えてくる。

別々に拾ふタクシー花の雨

『浮いてこい』

6

この句は、岡田史乃を知る上でも重要な句であるものの、存命中には鑑賞することが叶わなかった。私も今の年齢となり、大人のお付き合いの機微が少しは解るようになった。そうすると、この二人が男女であり、家が別々であるということがわかる。お花見に行くも帰りは雨となった。家族であれば同じ家に帰るのだが、相手には別の家族がある。タクシーを二台拾う時に作者はその事に改めて気づき、一抹の寂しさを感じたのではないだろうか。それをタクシーを拾う様子に表しているのが見事である。背後では雨がしとしとと降っている。

出る時は牡丹嫌ひの牡丹園

『浮いてこい』

7

一人っ子であった私は幼い頃もある程度大きくなってからも、父母それぞれの用事に同行することが多かった。見たものを詠むことを守っていた作者は度々外に出て句材を拾うことが多かったので、植物園などの外出にもついて行った。これは上野の牡丹園であったと思う。母が頻りに何かをメモしていて、退屈になった私がごねた思い出も。牡丹は一輪でも大柄で存在感がある。色々な名前の牡丹が植えられていて、見て回る内にもうお腹いっぱいという気持ちとなる。牡丹そのものを詠むのではなく、出る時の心情を詠んだところにおかしみがある。「もうあきあきしたわ」という母の声が聞こえてくるようである。

雷走りパンの片側くらくせり

『浮いてこい』

8

岡田史乃は笹尾史というペンネーム（旧姓が笹尾）で『わたしはロッテではない』という自家本を出したことがあり、以前まで「篠」でそこから転載の連載をしていた。その中でも絵画的な描写が多かったのは、夫である私の父、岡田隆彦が美術評論家であったことにも所以がある。本物の芸術家の作品を目にすることが多く、史乃の感性は磨かれ、完成していった。パンの静物画のようなこの句には、絵画には表せない一瞬の動きが閉じ込められている。雷の音に驚いて動けなくなる人が多い中、その瞬間にパンが翳ることを見逃さない「俳」の視点には学ぶことが多い。これを私は母の度胸だと思っている。

カラカラと赤い腕輪の団扇かな

『浮いてこい』

9

作者は装身具が殊の外好きで、身体中にアクセサリーをつけていた。晩年は本物の貴金属を少しという形に変化して行ったが、若い頃はプラスティックの腕輪を重ねてつけたり、大ぶりのイヤリングやネックレスをつけていた。一九四〇年生まれの女性としては百六十三センチと高身長（祖母、笹尾操百七十センチ、私は百六十九センチ）なので俳壇では目立っていたと思われる。団扇（扇子ではないので部屋か店と思われる）で扇ぐ度にそのブレスレットがカラカラと当たって音を立てる。送られてくる風より、その音が気になる。先に音を表現して「団扇」で着地することで一幅の人物画のように景色が落ち着きを取り戻す。

がんばつて霞草今日贈つたわ

『浮いてこい』

10

岡田史乃には口語句が垣間見られ、それが割と人気のある句となっている。第一句集での自由度がこの句からも伝わってくる。贈ったのが薔薇の花束ではなく霞草のみという点に着目してみる。今までは豪華な花束をあげていた相手と齟齬が生じて、それでも礼儀として何かを贈らなければならない。そんな悔しさも混じる中で花屋へと出向く。嫌々贈ったが、それを出来たことで自身の中のピリオドが打たれる。頑張った自分を褒めたい、褒めてもらいたい。それを女の話し言葉で「贈つたわ」と来ると、まるで友人か誰かに自分の今日の出来事を報告しているかのような親近感が湧く。

鳶より上で単衣の帯を解く

『浮いてこい』

11

一見どういう意味だろうかと思い、何度か読み返してしまう句。山のような高さのある場所の宿か家が浮かんでくる。横須賀にいると異様に鳶が飛び交っているのを間近に目にする。なので飛行機ほどは高くもないのかもしれない。それでも単衣の帯である。正式な食事会や祝賀会などではなく、着物で気の置けない相手と旅をしているような雰囲気である。そうなってくると帯を解くことに艶っぽさも加わってくる。その宿、その場所の下に鳶が飛ぶのを見ながら、帯を解く自分をも客観視していたのだろう。

宍道湖へ向つて笑ふ裸かな

『浮いてこい』

12

これは本人から亡くなる少し前に聞いた話だが、この時は岡田隆彦と夫婦として大岡信氏達詩人の皆さんと旅行に行ったらしい。宍道湖が目の前に見える旅館で、大岡氏が半裸で湖に向かって本当に笑っていたそうな。実家の片付けをしていた時にこの頃の詩人の集まりに於ける岡田史乃の写真を見たことがある。当時はまだ若くて（しかも派手で）美しかった母はその場の静謐な雰囲気を一人で違うものにしていた。この『浮いてこい』出版祝賀会には大岡信氏、安東次男氏など錚々たるメンバーが参加していたとも聞いている。そんな日常を当たり前のように過ごしていたからこそこういうシンプルな句が誕生したのだろう。

篠(すず)の子と万年筆を並べ置く

『浮いてこい』

13

私が本格的に「篠」で学ぶようになったことで、母が私の住居のある朝霞市で句会指導をするようになった。篠の子どもであることから、「篠の子」句会と命名し現在は私が指導に当たっている。笹尾という旧姓から横浜で「篠」は生まれた。篠の子とは細い竹であり、その細い筍は柔らかい内だと湯掻いて美味しく頂ける。掌サイズでもあり、万年筆の横に置くとそれが良くわかる。そうしながら執筆でもしたのだろうと思われる。並べ置くという自主的な動詞から、これから俳句か俳文、あるいは手紙を書こうかとする時の空気感が伝わってくる。

単帯高く結びて酔ひにけり

『浮いてこい』

14

前に挙げた「糸桜口中の砂のみ下す」と対になる句として、栞で大岡信氏が書いている。氏の言うところの意地っ張りで花やかというのは娘の私からしても感じていた印象だ。糸桜の句の「もう一つの顔」も日常的に見ていた。ただ通常時に他者との関係性で悩んでいる様子は見えず、主に父、岡田隆彦のことで悩み、体調を崩すことも多々あった。兎に角プライドが高いという印象とそれでも愛される存在であることの双方がこの句から伝わり、彼女の自筆によって色紙にも書かれている。

子を呼べばなすび畑に茄子の影

『浮いてこい』

15

私が生まれ育った時に赤坂には畑はない。勿論今もである。母の下の弟にあたる叔父の保土ケ谷の家の庭で夏野菜を育てていたことをぼんやりと思い出す。母も私も身体が弱く、保土ケ谷の方が祖父母も当時は健在で何かとよいだろうと結構長い時間を過ごした。その祖父母の家の近くに結婚して日の浅い叔父夫婦が家を借りて住んでいた。その息子達の為にと家庭菜園を始めた。茄子や胡瓜、トマトなど見事に実っていた。なので、このなすび畑はその庭のことではないかと思われる。特筆すべきは、この『浮いてこい』に一人っ子で唯一の子どもであった自分が詠まれていることであり、単純に嬉しい。

手から手へ天道虫を渡しけり

『浮いてこい』

16

虫がそんなに得意ではなかったが、天道虫は可愛くて、いると良く捕まえていた。「ほら」と母に手渡すと、天道虫が植物に被害を与えることを言っていた気もする。いいや、それは大人になってからか。川崎展宏から受け継ぐリフレインの技法が嫌味なく生かされている。私の名前である「麻乃（まの）」は父がイタリア語の mano「手」から（あとはマノン・レスコー）名付けられたと聞く。手から手に渡すという単純な行為の中に「継承」という大切な事柄が見えて来る気がする。それが「天道虫」。良く働くのか悪く作用するのかは本人次第ということか。

かなしみの芯とり出して浮いてこい

『浮いてこい』

17

この句は岡田史乃の代表句といっても過言ではない。『浮いてこい』は、まず表題からしても口語がところどころ使われている。横浜で笹尾家の長女として何不自由なく育てられた史乃は、自宅まで頻繁に通って求婚をした隆彦の熱意に根負けして結婚したという。それが、「砂のような男」隆彦の情熱が冷めて、酒に酔っては帰らない。最終的に虎の門病院分院で治療をしていた隆彦に当時の周りの人間が動いて離婚届を書かされる。のちに二人は後悔して再婚しようとするが、日にちが満たないため税金対策と思われ婚姻届は受理されない。そんな色々のことがあった。体面的には女一人で私を育てていたため、その悲しみは「芯」となって終生残ってしまったのだ。季語である「浮いてこい」に動詞としての意味ももたせた句となっている。

十五夜に一旦帰京いたします

『浮いてこい』

18

これも大岡氏が書く「彼女のお店の特選品ともいえそうな口語調の洒落て小粋な句」の一つである。こういう句を詠む者がいなかった時代にあっては衝撃的であったであろう。また季語を口語のコトバとして使っていることが更に句形の面白さを引き出している。「一旦」が面白い。リアルを描くことで「かぐや姫」の物語を彷彿とさせる別世界に読者を誘う。「まさか史乃さん御自分をかぐや姫と思われているのかしら」という同性からのブーイングも聞こえて来なくはない。それでもきっぱりと言い切って終えるこの口語句は忘れられない句となっていく。

とつぜんに嘘と気づいて藪虱

『浮いてこい』

19

藪虱の実はその密生した刺によって人の衣服につきやすい。そして取れにくい為、時につけたまま帰宅してしまうこともある。この句集を出す少し前に父、岡田隆彦が長期入院先（虎の門病院分院）で、周りの者から離婚届を出すように仕組まれてしまった時期でもあった。母も相当苦しんだに違いない。本人とのやり取りではなく、周りの人間から別れるように言われるというのは。以後落ち着いて復縁をするが、一番辛かったのはこの時の嘘ではないかと想像している。

秋団扇とてもねむいわまた明日

『浮いてこい』

20

この頃に一冊の句集の中にこうした口語の句がいくつかちりばめられていることは珍しく、人の目を惹いたに違いない。「とてもねむいわ」と如何にも作者が言いそうな台詞に秋団扇が取り合わせられると優雅な気怠さも感じられる。「また明日」に物語の続きがあるような連続性も見ることができて、面白さが増す。明日もまた続きがあるのだろうかと期待を膨らませて読み終えることができる。

狐着て酔うてをります帰ります

『浮いてこい』

21

これも先程の句と似たタイプで「をります帰ります」と旧仮名遣いをしつつも口語である。狐の襟巻か毛皮、あるいはショールだろうか。現代では動物愛護協会から怒られそうな風潮だが、昭和のこの頃はセレブイコール毛皮であった。祖母も母もたくさんの毛皮を持っていたので、今それらをどうすべきかと悩んでいる。毛皮を纏って酔うご婦人というだけで、なんとなく高級なイメージがあるが「帰ります」と宣言することで、だらしなさと一線を引いたプライドのようなものも垣間見える。

だみ声の雪だ雪だと登りくる

『浮いてこい』

22

山頂の茶屋か旅館で作者が休んでいると、男たちが「雪だ」と連呼するだみ声が次々に聞こえてくる。坂を登って近づくごとに大きくなって「まあ、雪ですって。あんな騒いで下品ね」とでも言わんばかりの作者の姿勢が見えてくる。それでいて楽しんでいる様子も。簡潔な言葉でありながら「雪だ」のリフレインで見事な臨場感を醸し出している。男と言わずともだみ声でわかり、登りくると言い切っている所も小気味良い。

病んでなほ母は母なり酉の市

『浮いてこい』

23

『ピカソの壺』にも「やがて死す母の巨大へ秋日差し」「母死せば荒神(あらがみ)悴むごとくなり」という作者の母親を詠んだ句があるのは記憶に新しい。俳人でもあった作者の母親、笹尾操は身長百七十センチ、大正生まれとしては大柄で恰幅の良い女性であった。秋葉原で夫から任された会社社長でもあり、性格も積極的な人であった。リーダーシップがありぐいぐい人を引っ張る。母は下に弟が二人いるものの、小学校から私立(横浜雙葉)に行ったせいもあって近所に友達もおらず部屋でひたすら読書をする大人しい女の子であった。祖父は広告写真の会社代表であり、酉の市には大きな熊手を買って食堂に飾っていた。そんな環境を思い出しながら病床でも弱気とならず、常に会社のことを思う母親を詠んだものと思われる。

去年今年詩人籠れる鍵の内

『浮いてこい』

24

その詩人、美術評論家、大学教授でもあった岡田隆彦は夜型で、部屋にこもって原稿を書いていた。ピアノを弾けるのは、父が起きている時間のみ。父はＦＥＮを聴きながら、ウイスキーと氷砂糖を横に軍手の指を切ったものを嵌め、専用の原稿用紙に万年筆という執筆スタイル。父自身の気分転換の時間に全米トップチャートのロックを教えてくれたり、自作の本の栞に猫の絵を描いて、私の部屋のドアの隙間から差し込んできたりするお茶目な面もあった。当たられることが多かった母は、私と父が仲良くすると機嫌を損ねることもあった。全ては懐かしい思い出である。去年今年が二年分の振り返りではなく去年から今年に変わる時のことだと岡田史乃が力説していたことは会員の皆さんの記憶に残っているだろう。

さるひと高見順賞受くと聞き

娘へ父の受賞を告げる春の風邪

『弥勒』

25

父、岡田隆彦は一九八五年に高見順賞を頂いた。この頃は両親が別居していたため、朗報は人伝であったろう。本来なら直接聞いて祝いたいところだが、それもままならない。私は母からそれを聞くが、色々思うところがあったのか浮かない顔であった。本当に風邪をひいているのではないものの、気持ちをどう持って良いかわからないという部分を春の風邪という季語に置き換えたのだと思われる。別れてしまった者の受賞は祝う訳にもいかず、心中複雑な気持ちであったに違いない。この頃の私はそこまで慮ることができていなかった。

鉛筆を短くもちて春の風邪

『弥勒』

26

またこれも風邪の句である。この句はテレビ番組で川崎展宏氏が司会をされた時に紹介されていてみんなでそれを視聴した記憶がある。御多分に洩れず、母はだいぶ緊張していた。新聞にも取り上げられた句である。もうこの頃から世の中にシャープペンシルが普及して、余り鉛筆を使わなくなっていた。また大人になるとボールペンや万年筆がメインになろう。それでも句を整理したり、大切な書き物をする時には鉛筆を使うと気持ちが乗りやすい。短く持つというのは力が入っていることとなり、その瞬間くしゃみでも出たのだろうか。

スプーンをくもらせてゆく春苺

『弥勒』

27

私は一人っ子だったせいか、食も細くいつものろのろと食事をしていた。なのでスプーンを凝視することも多く、この句は本当に共感できた。冷蔵庫に入れてあったのか、買った苺は冷たい。それをスプーンで潰そうとしたときに曇っていく瞬間を詠んだのであろう。果物が大好きだったので、私は練乳をかけるのが嫌で手で摘んでいた。しかし、母や祖母は苺には練乳、グレープフルーツには砂糖と必ずスプーンを使っていた。こう書いているると祖母宅でメロンなど色々な果物を出されたあの空間を思い出す。俳句はまさに瞬間を封じ込めるものだと言える。

鳥雲に他人のやうな親子連れ

『弥勒』

28

後日談とはなるのだが、母にとっての孫たち、私の娘たちがある程度大きくなると赤坂の家から近い今はANAインターコンチネンタルホテルのビュッフェによく連れて行ってもらった。その時に母が娘たちに「周りの中年のカップルを見てごらん。会話がないのが本当の夫婦で、盛り上がっているのが不倫よ」と。妙なことを言うものだと思ったが、言い得て妙であり、確かに日本人の家族や夫婦というのは会話が少ないものである。なのでこの「他人のやうな」というのはそんな光景を詠んだものではないかと想像できる。

かたまつて浅く影おく蝌蚪の水

『弥勒』

29

岡田史乃は会員たちに教える時に、一つのものをあらゆる方向から見なさいとよく言っていた。俳人は吟行に行って一本の木を見ても、触ったり、耳をつけて音を聞いたり、嗅いだりする。五感で観察するので周りの観光客から変に思われることもしばしば。ここには蛙の子にじっと見入る作者の姿がある。写生が基本であることを示す句群は、不思議なことにこの句集に多く見られる。「浅く」が効いており、「影おく」としたところが作者の手柄だろう。時に観念的な句に偏りがちな私たちに基本に戻れと語ってきた母の言葉が蘇る。岡田史乃にしては珍しい二句一章の写生句に以下の句もある。

笊の目につきささる米蟬時雨

すぐ乾く仏の手足花御堂

『弥勒』

30

横浜雙葉学園卒の母はカトリック信者であったが、色々な文学を学ぶ中で神社仏閣にも興味を持った。俳句を嗜むものは吟行で必ず仏事や神事を見学する。その中でも岡田史乃としての鋭い視点は健在であり、四月八日灌仏会の天気の良い日にお水をかけた仏像がすぐに乾いたところに着目している。そして「すぐ○○」と○○に動詞を入れる俳句の型もしっかりと生きている。同じ集中に型として中七の効果的な「竹の秋登りきつたる先の海」もある。

謝ってよと泣く女童に濃山吹

『弥勒』

31

この句は以前「篠」でも触れたが、まさに幼女時代の私のことを詠んだ句である。私はかんが強く、いつもキイキイ言って大人たちを困らせる我が儘な子どもであった。ひとつひとつ思い出すと恥ずかしい。当時、岡田家の敷地内で平家に住んでおり大きな庭以外に裏庭があった。そこは洗濯干し場でもあり、勝手口に通ずる庭で山吹が咲き乱れていた。相当怖い母親であったのに反抗して、自分の正しさを認めてもらえるまで泣き叫んだ。それを傍観しながらこの句を詠んでいたとは流石俳人だと感銘を受ける。

金魚売突然大きな顔となる

『弥勒』

32

子ども部屋で金魚を飼っていた記憶があるので、お祭りだけでなく当時の赤坂に来ていた金魚屋さんからも購入していたのかもしれない。私の記憶では軽トラの荷台をお店のようにして風鈴や金魚玉などガラス製品を売りながら、ゆっくり移動していたと思う。「いらっしゃい」と言いながら金魚鉢越しに見てくるおじさんの顔がレンズの効果で大きくなって見えたのだろう。それをこういう十七音にすると恐ろしいような魔法の言葉となって蘇る。こんな句が詠めたらと今でも願う。

冗談ぢやないわハンケチまちがへて

『弥勒』

33

この句は、子どもとして母、岡田史乃の句をパラパラと読んだ時に一番印象に残った句である。口語であるからというのもあるが、内容に、である。父と別れてからもまだまだ母は若かったので恋愛もしていたと思う。よって父ではない男性に焼きもちから怒りの感情を吐き出す母親を垣間見た気がして、複雑な気持ちとなった。恋多きSさんという方とのやり取りの中で生まれた一句であろう。『浮いてこい』に「別々に拾ふタクシー花の雨」があるが、気の強い女性の恋愛風景が見えてくる。

すこし酔ひ跣足で歩く池袋

『弥勒』

34

この句には正直驚いた。私は下戸でお酒がほとんど呑めないのだが、この頃の岡田史乃はよくお酒を呑んでいた。池袋には余り行かないイメージだったが、サンダルの靴擦れが痛むのか、酔った勢いでとうとう跣足になってしまった。少し酔ったくらいで跣足で歩いてみせるという光景にもなんとなく男性の存在が見えてくる。当時は美しい女性でもあったので、気も強く、こんなお茶目な行動もする岡田史乃に男性陣は翻弄されたかもしれない。

尾を立てて海霧(じり)へとけゆくまよひ猫

『弥勒』

35

父親は猫が大好きであったが、私がアレルギーだったので飼うことはままならず裏の祖母宅の猫を時々可愛がっていた。生活の中に猫がいたわけではないので、猫を詠む句は珍しく目に留まった。海霧は季語であり、本当の景色ではないのかもしれない。迷ったような猫が海の向こうに消えていくこの景色は創作物語のようで岡田史乃の句としては珍しい。「尾を立てて」という上五にリアリティがあり、今にも句の中から猫が抜け出てきそうである。その猫が溶けてしまう霧とは。不思議な句であるが、想像が色々できるところに魅力がある。

笊の目につきささる米蟬時雨

『弥勒』

36

母は時々手抜き家事を伝授してくれて、米を笊で洗うのもその一つ。それでも無洗米を信じておらず、米は青山の米穀店からとっていた。マニキュアも好きで病床でも医師に反発して最後まで塗っていたのでその工夫もあったのかもしれない。研ぎ終えた笊を洗おうとすると、一つ一つの網目に米がささっている。うわ気持ち悪いと叫ぶ母の様子が見えてくるようである。

一卓の湿り集めて茄子の鉢

『弥勒』

37

なんとなく曇りがちな天候で家の中も湿っぽい。なれど食卓に汁物も欠かせない。そんな少しばかり憂鬱な食事時間に好物の茄子の料理の鉢も並ぶ。「秋茄子は嫁に食わすな」とは、身体を冷やすからという嫁への思いやりだけでなく、美味しいものをあげたくないという姑の意地悪な気持ちも含まれると教えてくれた。油分水分をしっかり吸い取る茄子という食材が、部屋の湿度や自分のじめじめした思いも吸い取ってくれるように感じる。

両側の萩に触れゆく帽子かな

『弥勒』

38

岡田史乃は相当洒落好きで、ただでさえ派手な服装が目立つのに大きな帽子もよく被っていた。私の娘（彼女にとっては孫）の小学校の運動会に大きな鍔の帽子をかぶってタクシーで乗り付け驚かされたこともある。向島の百花園の萩のトンネルには何度も行ったと聞いていたので、そこだろうか。枝垂れた萩の花が咲き乱れる小道を通っていくと、派手で大きな帽子の鍔に萩の花が左右から触れていく感触があったのだろう。

ねこ車さかさまにして泡立草

『弥勒』

39

何かのきっかけで農耕器具の一つにねこ車というものがあると知った。案外馴染みのある道具である。背高泡立草は私がアレルギーをおこす植物の一つなので、母も空き地など通る時に過敏に反応していた。造成地かは分からないが、泡立草がたくさんある。工事現場では今も有力な道具であるねこ車がひっくり返されるところをじっと見つめる。すると山盛りの泡立草が出てきた。そんな小さな発見が一番良い句となるのかもしれない。

みやげ買ふ小男の背へ鬼やんま

『弥勒』

40

母、岡田史乃は祖母、笹尾操の豪気な性格を継いだのか、時に口が悪く周りの人を驚かせていた。身長の低い男性を中々「小男」とは言わないだろう。「あら、あの人お土産買ってるわ。誰に買うのかしら」と着目しているとトンボが止まる。あの母のことだからもしかしたら高笑いをしてしまったかもしれない。ちょっと詠んだ対象の方には申し訳ないような句である。

煮崩れし魚の半眼無月なり

『弥勒』

41

父は魚が好きで、栄養があるからと目玉も食べていた。そんな夫の好物である煮魚を煮過ぎてしまう。すると瞼の部分が煮崩れて今にも目が塞がりそうだと驚く。それを「半眼」と表現したのが見事である。更にそこに「無月」という季語を取り合わせたのが面白い。主婦業をしていても常に天体にも気持ちがいく。全てに目を瞑って空と一体化した瞬間、主婦から解放されるのかもしれない。

山あひにびつしりと家秋高し

『弥勒』

42

岡田史乃の生家は横浜市保土ケ谷区だったので、横須賀線沿線（京浜急行もだが）にありがちな切り拓いた斜面全てが住宅地という景は繰り返し見ていたに違いない。それでも「山」というのだから横浜よりもっと地方の山のある町の景色かもしれない。一億総中流という時代を経てきて超セレブな人以外のことを「庶民」と呼ぶような母。私は沢山の家を見ると寂しい気持ちとなるが、多分その頃の母はまた違う思いがあったのであろう。果たして本当に寂しくなかったのだろうか。

一樹には収まらぬ風沢胡桃

『弥勒』

43

この句は本人お気に入りで、当時の「篠」の景品の扇に俳画とともに自らしたためたりしていた。その扇は平仮名表記が多いのだが旧仮名遣いを間違えたりしていて微笑ましい。それでもこの「風」の表現は一樹に収まらないということでその強さを示していて、格調高く調べも良い句である。そして、先日墓参をしてから目の前の赤塚植物園に寄ってみた。すると不思議なことにお墓に向き合うような位置に沢胡桃の樹がしっかりと植えられていた。

その話何ンなの何ンなの鳥兜

『弥勒』

44

「何ンなの」という口語の繰り返しが忘れられない句である。実際にこういうシーンがあったとのことである。当時、鳥兜の毒で事件があったのか、その対象となる鳥兜を発見してざわつく。これがそうなのかなど騒ぎながらみんなで囲んでいる時に後から来た母が皆に訊いてみたという情景そのままの一句だそうである。まだ気持ちも心も若かった母の好奇心いっぱいの動きが目に見えるようである。

秋愁ひゆるく脚組む弥勒仏

『弥勒』

45

「秋愁ひ」がぴったりはまる句である。弥勒仏は本当に美しく優しいお顔をしている。広隆寺の弥勒菩薩半跏思惟像は有名だが母も私もその穏やかな顔立ちが好きだった。その弥勒菩薩が腰掛けて左足を下げ、右足先を左大腿部にのせて足を組み中指を頬に当てて物思いに耽っている。この思惟こそが「愁」だとも言える。ゆっくりとした動きを表現した像そのものに秋愁があるのである。

ねんねこの子の顔動く日向かな

『弥勒』

46

ねんねこ（防寒用綿入り半纏）を最近見ることはほとんどない。昔は子守のねえやさんなどが赤ちゃんをおんぶしてこれを上から着ていた。今はママコートなどが普及して「ねんねこ」を着る人は見ない。それでも子育てには変わらない所が多く、おぶうと赤ちゃんが落ち着く。前に向いていると窒息するのでどちらかに顔を向けることとなる。お日様が眩しくて、その赤ちゃんが首を反対向きにする。なんとも可愛らしく温かい景色である。

近くに住むとつぶやいてみる冬昴

『弥勒』

47

実家が都心の赤坂であったため、私は結婚しても勿論近くに家を買ったりできず、最初は都内にアパートを借りて、最終的に埼玉県に家を購入した。夫の職種からその職場の近くに住む必要があり、住居を移せない。それでも一人暮らしの母が心配で何度か互いの中間地点にマンションを買おうなどの話し合いがあった。赤坂のビルは母がオーナーだったので、彼女はどうしても手放したくない。それで足を悪くした晩年は我が家の近くのケア施設で過ごすこととなる。後悔先立たず。

財布にも鞄にも鈴近松忌

『弥勒』

48

他人にシニカルな母は、おばちゃん連中がどの人も根付けなどどこかしらに鈴をつけていると常々批判的に話していた。静かにしなくてはならない客席で、鞄の中をごそごそとする。その度に「ちりんちりん」とうるさく響く。その音と近松忌がしっくりときて離れない。

家中を散らかして出る四温かな

『弥勒』

49

私が娘で近くにいた時代や晩年の母が全て用意周到に暮らしていたのを見ると、こんな時代があったことが信じられない。ただ、必ずその時の自身の事実を句に詠むタイプの作家だったので、こんな日があったのだろう。何を着ていこうかと色々出して、家の片付けもそこそこにうきうきと出かける。一人暮らしだったからこそできる事なのかもしれない。

舟一隻春の焚火として燃やす

『ぽっぺん』

50

私は岡田史乃の句でこの句が一番好きである。見たことしか詠まない主義の作者なので吟行先でこのような景色を見たのだろう。「春」としたことで、後悔や没落などの他意がなく、ただ燃えていく舟を見ている作者。その目には炎が揺れている。

たてがみの収まつてゆく芽吹風

『ぽつぺん』

51

同じ句集に「留金に風をほどきて厩出し」という句があり、これにも風が詠まれている。こちらは風が動きを後押ししているが、芽吹風は穏やかで吹かれたたてがみが静かに元に戻っていくのを助けている。いずれも春の牧場の光や空気感が漂ってくる。私は幼少期から祖母に俳句を教わっていたが、きちんと向き合うようになったのはこの句集の頃である。凄い句を詠むなと思ったのが昨日のことのようである。

嬰児にもあるためいきや花エリカ

『ぽっぺん』

52

この句が詠まれた頃に私は女の子を授かった。母にとっても初めての孫娘で、長い期間里帰りして面倒をみてもらった。あくびやくしゃみひとつひとつに反応をしていたが、そのためいきにぴったりな季語を合わせて句を詠んでいる。エリカの花は佇まいが優しいが、花言葉は「孤独」である。この何年か前に私が産んだ男の子はもうこの世にいない。また孫は可愛くても親の所に戻ってしまう。そんな「孤独」が母にあったのかもしれない。

見にもどる雛の売場の雛の顔

『ぽっぺん』

53

以前「篠」誌の岡田史乃鑑賞にも取り上げて、また色々な方から鑑賞される句でもある。これは長女の初節句前に母（史乃）が日本橋のデパートから電話をかけてきて、「麻乃の家は狭いからお内裏様だけでいいわね？」と確認された時の句である。このお雛様は今でも我が家に飾ってある。何をしていても十七音が頭にあるのだと驚いた。

風船のかげを持たずに売られけり

『ぽつぺん』

54

風船といえば幼い頃の母とのやり取りを思い出す。確かパンダの風船を売っている人がいて、どうぞと渡された。買って良いかと母のところに駆け戻ると「買わないわよ」と叱られた。今の親は子どもがねだると容易く買い与えてしまうが、母は厳しかった。今は色々なイベンターや職業の人がいるが、当時風船を売る人の裏で組織が働く場合があった。それで買うなと言われたのかもしれない。そんな風船にはお日様の光が当たらない。

花に寝て花にたづねたきことのあり

『ぽっぺん』

55

史乃は芭蕉や西行に影響を受けている。

さまざまのこと思ひ出す桜かな　芭蕉

この句をここから思う人もいるだろう。花の中では薔薇が一番好きだと言っていた作者だが、勿論桜も好きであった。二〇一九年の三月末、花の咲く頃に岡田史乃は他界した。散る頃に葬儀であり、花散らしの雨の中の通夜が記憶に残る。まさに花の中で眠りに入った作者に尋ねてみたいのがこちらとなった。

老樹へと蜂がまつはる何かある

『ぽつぺん』

56

この「何かある」には何かあるのか、同じ句集内に「なみなみと甘茶の杓や何かある」という句も並んでいる。俳人の直感で異変を察知する。その周りの物事を句の中に詠み込むものの、どうなっていたのかは読者に想像させる。それでも甘茶の句よりも老樹の句の方がありありと情景が浮かんでくるのが不思議である。

前略と書いてより先囀れり

『ぽつぺん』

57

この句も岡田史乃の中では有名な句である。一つの動きを詠んでから、季語を合わせる句の形はよく見かける。「り」の韻の繰り返しも効いていて読んでも楽しくなる句である。気の張らない手紙を「前略」から書き出して、ふと鳥の鳴き声を耳にする。机の前にいて季節を感じる瞬間である。

ハンカチの花降る八十八夜かな

『ぽつぺん』

58

ハンカチの花と思われている部分は苞であり、二枚の苞に包まれたたくさんの雄花とひとつの雌花なのである。それでもその白い苞はハンカチの花として親しまれている。岡田史乃は特にこれが好きだったようで愛用していた歳時記に押し花として挟まれていた。当時はまだ季語になっていなかったようである。八十八夜は立夏の近い晩春の季語である。「降る」が枯れて落ちるのとはまた違うノスタルジックな味わいがある。

直角に児の家を去らむ雨燕

『ぽっぺん』

59

私が三十年ほど前に結婚して初めて住んだアパートの屋根裏に燕が巣を作った。それはその家が繁栄する象徴だと母から教えてもらう。長女が生まれてから、母はよくそのアパートを訪ねてくれた。急坂をカクカクと上がったそのアパートの出窓から母の帰る姿が見える。そんな時にも句を詠んでいたのかとしみじみ思う。

水浴びる犬が犬よぶ浜日傘

『ぽつぺん』

60

岡田史乃句には心地よいリフレインの句も多々ある。中でも犬を繰り返すこの浜辺の句は見る人を海岸に誘う。ここ数年、海水浴もパラソルではなくテントが主流。街中で男子も日傘をさすものの、白い布製の日傘は流行らず、専ら晴雨兼用である。それでもビーチパラソルこそ夏のイメージであることには変わりない。犬の水遊びが別の犬を惹きつける景色が心に残る。

髪の毛を長く流して泳ぎくる

『ぽっぺん』

61

母は私の髪の毛の質が好きだった。そのためパーマを当てたり、お洒落染めをするなど厳しく禁止されていた。年齢を重ねてやっと染める事が許可されたが、もうその母はいない。若い頃の私は長髪を纏めず、よく海水浴をしていた。それも詠んでくれていたのかと感慨深い。『ピカソの壺』に「娘の髪のサラリと花の南部坂」もある。

夏痩せて男女を修了す

『ぽつぺん』

62

男女は「おとこおんな」と読ませるのだろう。男女を修了するというのは、愛人関係にあった二人が茶飲み友達になるという意味だろうか。若い頃の私には理解できなかったが、還暦が近づいて来るとなんとなく分かるようになってきた。太ることを気にしている間はまだ若く、老齢となれば次第に食が細くなり夏場は痩せてしまう。因果関係がないだけに面白い句である。

ちんちろりん君の田舎は赤坂ぞ

『ぽつぺん』

63

私には故郷がないと良く感じていたが、お嫁に行って埼玉に居を構えると実家の方が都心にあることに気付く。ある意味都落ちである。朝霞と赤坂はそんなに離れてはいないが、敢えてこれを詠むことで「忘れるな」と念を押したかったのかもしれない。

かなかなとそんなに近くで鳴くなかれ

『ぽっぺん』

64

この頃に、我が家に「歌菜（かな）」という次女が誕生した。
長女の瑠菜が寂しそうにしているのだから蝴みたいに
「かな、かな」って連呼しないのよと母に注意された。
その会話がこんな形で俳句となるとは驚くと同時に嬉し
くて懐かしい気持ちとなる。

しんがりのたうとうこずに秋の山

『ぽっぺん』

65

これは本当にあった話で、「篠」の吟行では何回かあり現場に居合わせたこともある。この時は旅先で篠会員が倒れて、付近の人が通報して救急車を呼んだらしい。そういう背景を知らなくても、最後の人は何処に行ったのかという不思議な読後感がある。突然、神隠しにあったのだろうか。実を読みながら虚に読者の想像を広げさせてくれるとても好きな句である。

月光が漁港に闇をすててゐる

『ぽっぺん』

66

この句集の中では珍しく詩性が勝つ一句。見たままを詠む、写生の姿勢を崩さないように常日頃から会員に言っていたので、作者本人はこういった擬人法の句を好まない。それでも漁港を見に行った作者の目には確かにそう見えたのかもしれない。何も見えないような漁港の闇に着目しており、そこに月光が降り注いでいる。「すててゐる」という口語旧仮名遣いが光る句である。

二人前炊くくせやまず茸飯

『ぽつぺん』

67

父が出て行ってから、一人っ子の私と母の二人暮らしが暫く続いた。その私が出ていけば、一人分の食事の用意となる。つい、二人分作ってしまった時に「寂しい」と思ったのであろうか。娘たちが家を離れた今、やっとわかるようになった。こういう思いは親から子へと連綿と受け継がれていくのであろう。

手袋のその小さきを口で脱ぐ

『ぽっぺん』

68

これは、もしかしたら私の『プールの底』でも触れている、失った孫のことかもしれない。この姿を私も覚えていて、古いコートのポケットから出てきたこともあり、今でも心が痛む。そんな小さな子も大人になるが、寿命を全うできないこともある。この胸の奥の痛みを忘れないようにしたい。

瑠菜(るな)といふ笑顔が落葉かけめぐる

『ぽっぺん』

69

篠会員にいる横田瑠菜（旧姓辻村）は私の長女であり、岡田史乃の孫である。初めての女の子で、禁忌としていた孫俳句を詠むくらい可愛かったようだ。身体が弱かった長女を冬でも都内の芝生のある公園に連れて行き、太陽の光を浴びた長女は元気になって帰ってくる。「笑顔」が効いている。

狐着て狸のごとく待ちをりぬ

『ぽっぺん』

70

岡田史乃句だなと思える一句。この娘である私も高校生の頃から毛皮は着ているが、そんな高級なものではない。今や動物保護の観点からセレブも毛皮はフェイクしか着ないらしい。当時はシルバーフォックスの毛皮を纏っていた作者には策士の一面もあったのであろうか。

湯豆腐をさみしく笑ふ人とかな

『ぽつぺん』

71

大学生の頃の私が電話口に出ても、丁寧な対応をしてくださったのが川崎展宏氏であり、優しい声が印象的であった。母とはよく赤坂見附で豆腐料理をご一緒していたそうである。「展宏さんは豆腐が好きなのよ」とも。その時の光景だとしたら、氏は私が知り得ない一面を母に見せていたのかもしれない。

波音がひたひた夜着へ寄りきたる

『ぽっぺん』

72

時々、逗子のなぎさホテルに泊まりに行っていた頃に詠まれたもの。横浜に生まれて赤坂に嫁ぎ、お台場が拓けてからは都度私や孫である娘たちを伴って出かけた。日光アレルギーであったが海辺が好きだったのかもしれない。ホテルの目の前の波音を夜着で聴く贅沢な時間。不思議な事に私の初孫の名前も「波音（はお）」という。

ぽつぺんをわが名のごとく吹きにけり

『ぽつぺん』

73

この句は岡田史乃の代表句の一つであり、知っている方も多いと思う。我が名「史乃」であるが故に「シノ、シノ」と吹いたのだろうか。我が家にも篠同人の方がお土産でくれたビードロ（ぽっぺん）があり、息を吹きこむとペコペコと鳴る。それが実態ではあるものの、まるで高らかに天使がラッパを吹き鳴らすような読後感がある。「わたしは史乃よ！」という誇りのある姿勢が伝わってくるのである。

獅子頭脱ぎ田遊びの列となり

『ぽっぺん』

74

まだ長女が幼い頃、私は板橋区に住んでいた。その近くで田遊びが行われるということで、確か母は岩淵喜代子氏と行ったのだと思う。私も行きたがったのだが、二月の極寒の夜に行われるので長女が風邪を引くからと母から同行を断られた。それで、コロナ禍の前に篠同人の方と道に迷いながら観に行った。胴上げの時に松明に導かれた人形や面をつけた夫婦に獅子が続く。時間経過をそのまま詠んでいるが、臨場感が伝わる句である。

冬晴やできばえのよき雲ひとつ

『ぽっぺん』

75

なんでもない句であるが、それこそ「できばえ」の良い句である。安東次男に師事（兄弟弟子は高橋睦郎氏）し、『浮いてこい』『弥勒』まではその影響が濃かったが、この『ぽつぺん』には「貂」で勉強会を開いていた川崎展宏氏の影響も垣間見られる。というのもその作句信条に表現が平明であることが挙げられていて、この句など正にそれを受けているからである。平仮名表記が効果を発揮して、のびのびとした冬の空が今読む私たちの上にも広がるようである。

クリオネの赤い内臓春いよよ

『ピカソの壺』

76

母は北海道に流氷の接岸を「篠」の皆さんと見に行ったときに、クリオネも（水族館だろうか）観てきたらしい。娘たちに透明な消しゴムをお土産にくれた。透明な天使のような姿形は美しい。その体の中に赤い内臓が透けている様子は正に生命そのものである。その鼓動に春の兆しを感じることができたのだろう。

つぶれないシャボン玉でも作ろうか

『ピカソの壺』

77

娘たちと幼い頃に住んでいたマンションの隣人に科学に詳しい人が住んでいて、当時話題となった割れないシャボン玉をみんなで作って飛ばした。その話もこのように句材となるとは。孫に会いに来ながらも常に十七音が脳内に渦巻いていたに違いない。口語表現が飄逸味を醸し出している。

ぴつしりと桜の空の桜かな

『ピカソの壺』

78

西行のように桜を愛で愛した母は、花が咲く頃に身罷り、そのイグナチオ教会の葬儀の通夜が花散らしの雨となった。正に花と逝ったのである。そこで、彼女の墓標にはこの句を句碑のように刻んである。私もだが、母の友人が暫く花の時期が来るのが辛かったと言ってくれた。リフレインが正に花万朶な様子を語ってくれる。

春の鳥いぢわるさうな顔をして

『ピカソの壺』

79

「いぢわるさう」この旧仮名遣いによって更に意地悪そうに思えるのだから不思議である。赤坂に来る鳥なので多分鶫辺りだと思う。嘴が尖っていて目の切れ込みもきつく意地悪そうな貌付きをしている。そこに着目したのが岡田史乃であることで、会話が見えてきそうな一句となった。

一枚の皮を脱ぎたき春の朝

『ピカソの壺』

80

この句は会員に人気のあった句であり、不思議な擬人法が効いている。自身が脱げるのは洋服だけであるが、脱皮したくなるような新しい朝の発見なのだろう。一枚脱いで虫のように新しい自分と出会いたいという願望が含まれているように思えてならない。その願望はきっと誰にでもあると思う。

悲しくて泣くにはあらずおぼろ月

『ピカソの壺』

81

この句は「三月の幾夜を泣けば月となる」と似た発想の句である。悲しいからでもないと否定するところに、裏返しの本心が隠れている。寂寞とした気持ちではなく、彼女の場合は家族と離れて暮らすことの寂しさだと後から知る。それでもそこに一人でいたいという矛盾をおぼろ月が優しく見守る。

娘の髪のサラリと花の南部坂

『ピカソの壺』

82

『ピカソの壺』は十七年ぶりの句集であり、既に作者の体調が思わしくなかった為、私と次女が全面的に協力をした。溜まった掲載誌を整理しながら母のテーブルに置けるだけ置く。本人が赤ペンで残す句をチェックして箱へ。この繰り返しであった。刊行されてから、普段厳しい母からの愛情をこのような句から感じる。南部坂は赤坂の実家裏手の坂で、幼い頃は良く転んで叱られていた。

師安東次男逝く

囀や先生の声返してよ

『ピカソの壺』

83

前書きに「安東次男」のことがあるので、一読、安東先生が亡くなられたことを嘆く句だとわかる。「声返してよ」という表現に、より一層悲哀が籠る。年齢を重ねると、大切だった人々との訣れを多く体験することとなる。寿命も短く、医学が未発達であった昔の日本では、亡くなる方が多く、そこから詩歌は発展してきた。この嘆きが昇華されて天国に届くことを願う。

引鶴は一糸の赤い糸なりや

『ピカソの壺』

84

とても好きな句である。調べや形の美しさから、一見伝統的な作風のきちんとした句に思える。しかし、繰り返し読むほどに、その意味は深くなる。「なりや」は、断定の助動詞「なり」+間投助詞「や」であり、詠嘆の意を示す。鶴が集団で帰って行く姿を「赤い糸」だと思った作者の着眼が鋭い。

蜃気楼見えるかぎりは私ぞ

『ピカソの壺』

85

正に「岡田史乃」という感じの世界観の句である。この威圧感に抗い、時に諦めて私は成人したが、その分順風満帆な家庭に育ったお子さんよりも人の心を読み取ることに長けた。このように虚勢を張って存在意義を主張すること、プライドを高く保ち続けることで長年生きてきた作者はもうその姿勢を崩すことはない。

滝へ滝割り込み地球動くかな

『ピカソの壺』

86

リフレインが得意な作者の情景を詠み込んだ句。水原秋櫻子の「滝落ちて群青世界とどろけり」を彷彿とさせるも、そこに「地球」を取り合わせることには瞠目させられる。地球が動いてしまうかもしれないくらいの轟音と勢いを何層にも重なった滝から感じ取ったのだろう。

蝉時雨私のために泣かないで

『ピカソの壺』

87

まるで、自分がもうすぐ他界することを予感していたかのような句である。元々身体の弱かった母は七十八歳（しかもコロナ禍前）まで良く存えたと思う。私が小さな頃「ママが死んだら」と考えて大泣きしたことがあり、病床にあってそれを思い出したのかもしれない。人は泣きながら生まれて、泣きながら死ぬ。

竹婦人好みし男もうゐない

『ピカソの壺』

88

これは父、岡田隆彦を詠んだ句である。実は、私がまだ実家にいる頃から既に父は出ていっていなかった。別れ住んだ先で癌に罹患して、一度目は存えたが、数年後の二度目（享年五十七歳）で身罷った。日本間に日に焼けた竹婦人がいつも投げ出されていたのを思い出す。

言ひわけは私にもある大夕焼

『ピカソの壺』

89

誰に対しての「言ひわけ」なのか分からなくても何故かわかる句である。夕焼を見ていると、人は不思議と過去のことを思い出す。そんな中で伝えそびれてもう会えなくなった人に言い残した言葉が次々と降りてきたのかもしれない。

水打てば悲しみの芯消えるのか

『ピカソの壺』

90

水打つ行為は、暑い盛りに家の前の道に水を撒いて涼しさを感じさせて、人を迎える行為である。それと悲しみの芯を取り合わせたのが意外である。

かなしみの芯とり出して浮いてこい

この句へのオマージュであろうか。浮かせても打っても消えない悲しみは彼女の底に沈殿していく。

長身のわが娘われ待つ駅薄暑

『ピカソの壺』

91

『ピカソの壺』の中には結構私のことを詠んだ句がある。直接向き合うときつい言葉しか言わなかった母からのプレゼントのような句である。俳句はその時の気持ちを瞬間凍結し、読者によってゆっくりと解凍させる楽しみがあることを知る。幼い頃から背が高くて祖母から笊を被せられてきたがそのまま成長してしまった。

三伏や色の飛び出す中華街

『ピカソの壺』

92

以前の「篠」は母が横浜生まれであることから、横浜在住の会員が多く、市内でいくつかの句会もあった。私にとっても中華街は馴染みのある場所。そこで、私が主宰継承したのちに吟行句会を催した。「色の飛び出す」という措辞には臨場感があり、晩夏である三伏との取り合わせが効いている。

よく笑ふ「篠」の会員夜の長し

『ピカソの壺』

93

「篠」が今のような季刊誌ではなく隔月刊だった頃は会員も多く、本部句会である六本木句会は大変賑わっていた。横浜から来られる人たちが句会運営や篠発行に携わっていた。みなさん明るくとても楽しそうな句会であった。その雰囲気は今も続いている。「よく笑ふ」が温かい。

やがて死す母の巨大へ秋日差し

『ピカソの壺』

94

自身にも私にも厳しかった母は常に怖い存在であった。
そんな母にとってもその母は大きな存在であったと知る。
祖母はその時代の人としては珍しく百七十センチも身長
があった。今際の際に、その闘病の苦しさから祖母は母
に辛くあたった。それでも母は寄り添い続けていた。

片づかぬ秋の形でありにけり

『ピカソの壺』

95

この句は、母の死後の文具店主宰の人気投票で上位に入った句である。簡明な表現でありながら、対象がはっきりしない。それを「形」と断定したところが今風なのであろうか。しかも「けり」によって過去のことを指している。かなしみの芯もその中にあるのだろうか。

三代の亀の置物秋の雨

『ピカソの壺』

96

今、我が家に親亀二匹と子亀一匹が重なる置物が置いてある。金物でできているような重さだが、実家が建て替えたり越したりする度に連れてきた年代物である。父が（私が一人っ子なので）うちの家族みたいだねと言っていたのが懐かしい。雨に濡れると本物と見紛うようなこの置物を見て遠い昔を思い出したのだろうか。

人間の子供のやうな芋の露

『ピカソの壺』

97

『ピカソの壺』が上梓された後に新聞に取り上げて頂いた句である。芋の葉の露は丸くころんとして光を孕む。それを「人間の子供」に喩えたところに作者の手柄がある。簡明な表現ながら、なんとなく嬉しい気持ちにさせてくれる句である。

たうとつに一人泣き出す日向ぼこ

『ピカソの壺』

98

この句集は、病床の母が十七年間の多くの句の中から選んだ句集である。そのせいか寂しい気持ちとなるような句も多い。近くで母を見守ってきた自分からすると、こういう日もあったのではないかと思う。同居を提案しても拒絶をされてきたが、好んでしている独居が寂しいという矛盾をこの句によって改めて突きつけられる。

わが背ナの冬陽重いぞ重たいぞ

『ピカソの壺』

99

口語が効果的に使われている。さらに「ぞ」のリフレインが滑稽な雰囲気を醸し出して、重たいと言いながら軽い読み心地の句となっているのが面白い。こういう飄逸性のある句風になってきたのは、岡田史乃最晩年である。身体もいうことを聞かなくなり、不承不承娘の世話にもなることで、厳しかった母が剽軽に変化した時期と重なる。

昨日会ひ今日も会ひたし娘のショール

『ピカソの壺』

100

この句は娘の私が一番驚いた。赤坂から我が家のある朝霞のケア施設に入ってもらってからは「近いんだから毎日来い」と言われ、行くと「帰れ」という不機嫌な日（のちに癌が二箇所に転移）もあった。会いたいのは娘たちの方で、私とは思わなかったからだ。あとで本人にこの句のことを聞くと「麻乃のことよ」と。読むと今でも涙を禁じ得ない。

あとがき

この本を出そうと思ったきっかけは、母、岡田史乃が亡くなってからも母の俳句仲間や友人に当たる諸先輩方からもっと史乃さんのことを書いてと言われたことに拠る。そこで俳句雑誌「篠」を季刊で出すごとに、四冊の岡田史乃句集の中から句を抽いて鑑賞をし続けてきた。

令和六年の秋に「篠」は四十周年を迎える。私が主宰継承してから五年の節目ともなる。この時期に、今まで篠誌で連載してきた史乃句鑑賞文を纏めることができたことは幸いである。

晩年の母は体調が悪く、俳句に関する様々な細かい作業を私に一任していた。当時、私も子育てと仕事に追われて充分に役に立てていたとは思えない。それでも、句集をふらんす堂から出す約束をしているとずっと言っていたので当時力及ばすながら連絡はとっていた。しかし、皆さんは母がその頃も元気だと思われていたようで上手く出版の意思を伝えられず、当時懇意にしていた他の方が編集長を務める出版社で最後の句集を出すに至った。

そのため、母の遺志がまだふらんす堂にあるのではないかと考えて『岡田史乃の百句』を出版するに至ったのである。

娘である分、個人的な感想にもなりがちで、ご高覧の皆さんは俳句文献としては物足りなく思われるかもしれない。

しかし、未だに岡田史乃を知っている方が活躍されている今こそこういった本を出す意味があるのだと信じている。

この四冊に限らず、私はもっと幼い頃（岡田史乃が「蘭」で岡田翠史として執筆していた頃）より句会に同行して、同じく俳人である祖母、笹尾操の薫陶も受けてきた。変わった家庭環境ではあったが、詩人であった父、岡田隆彦の影響もある。

こうして、四冊を改めて紐解いてみると（母娘癒着型であったので）母の句を読むことは自分を読み解くことにも繋がるとわかった。

これからはここから飛翔して、この想像力を様々な方の句の鑑賞に生かして行きたいと思う。

また、岡田史乃鑑賞を楽しみにしてくださっていた諸先輩方、篠会員の皆様にも感謝申し上げます。

二〇二四年四月二一日

辻村麻乃

著者略歴

辻村麻乃（つじむら・まの）

1964年東京都生まれ
「篠（すず）」「ににん」入会を経て「篠」主宰。
句集『プールの底』『るん』

第15回日本詩歌句随筆評論大賞特別賞受賞
俳人協会幹事、埼玉県支部事務局・世話人
日本文藝家協会会員
現代俳句協会会員

現住所　〒351-0025
埼玉県朝霞市三原2-25-17

初句索引

季語索引

あ 行

か 行

さ 行

た行

な行

は行

ま 行

や 行

岡田史乃の百句　おかだしののひゃっく

二〇二四年九月二四日　初版発行

著　者——辻村麻乃

発行人——山岡喜美子

発行所——ふらんす堂

〒182-0002 東京都調布市仙川町一―一五―三八―二F

電　話——〇三（三三二六）九〇六一　ＦＡＸ〇三（三三二六）六九一九

ホームページ https://furansudo.com/　E-mail info@furansudo.com

振　替——〇〇一七〇―一―一八四一七三

装　幀——君嶋真理子

印刷所——日本ハイコム㈱

製本所——㈱渋谷文泉閣

定　価——本体二〇〇〇円＋税

ISBN978-4-7814-1675-5 C0095 ¥2000E

乱丁・落丁本はお取替えいたします。